POLITIQUE

LA VILLE D'ARLES

PAR LE D.C.

A Monsieur MEIFFREN – LAUGIER, BARON DE CHARTROUSE, CHEVALIER DE L'ORDRE ROYAL DE LA LÉGION D'HONNEUR, MAIRE DE LA VILLE D'ARLES.

Monsieur le Maire,

UNE Méditation poétique sur les antiquités de la ville d'Arles ne peut manquer d'être agréable à un Magistrat qui ne néglige rien de tout ce qui peut illustrer notre Patrie.

C'est à vous, MONSIEUR LE MAIRE, que je dédie cet opuscule, à vous qui êtes le restaurateur des antiquités, et qui, en réveillant dans nos murs l'enthousiasme des arts, y faites briller quelques rayons de notre antique gloire.

A côté de la ville moderne s'élevera bientôt la cité des Césars. Par les fouilles que vous dirigez avec un zèle vraiment éclairé, nous voyons, chaque jour, éclore du sein de notre terre classique, quelques-uns de nos titres les plus glorieux, et la postérité, en admirant les plus étonnantes merveilles de l'art antique, ne pourra s'empêcher d'honorer votre mémoire.

Si j'ai réussi à rendre quelquefois les fortes sensations qu'on éprouve à l'aspect des ruines d'une Cité jadis célèbre, on doit moins en attribuer le succès à mon talent, qu'à l'amour de la patrie qui est fertile en grands sentimens.

Monsieur le Maire, puisse ce faible essai m'acquérir votre estime et la bien-veillance de mes compatriotes! Ce ne sera que lorsque j'aurai atteint ce double but, que je pourrai dire : j'ai recueilli la plus douce récompense de mes travaux.

Je suis avec un profond respect,

MONSIEUR LE MAIRE,

Votre très-humble et très-obéissant serviteur,

HONORÉ DÉO.

MÉDITATION POÉTIQUE

SUR LES ANTIQUITÉS

DE LA VILLE D'ARLES.

LE temps, vieille Cité, de ses ailes rapides,
A tracé sur ton front les immortelles rides
Qui font et ta grandeur et ta célébrité ;
Hélas ! pourquoi faut-il, illustre Constantine,
Que l'astre qui brilla sur ta noble origine,
Ne jette qu'une faible et mourante clarté !
Ne pourrons-nous savoir quelle main souveraine
De tes vieux souvenirs rompit ainsi la chaîne

Dont le premier anneau gît dans la nuit des temps ?
Gardons-nous de fouiller dans cet abîme immense ;
Les siècles se sont tu , respectons leur silence ,
Osons interroger tes restes éloquens.

Je vois avec respect ces colonnes antiques,
Fantômes mutilés des siècles héroïques,
Sarcophages , tombeaux , lugubres monumens,
Je foule, en frémissant , votre sainte poussière ;
De vos débris sacrés , d'où s'échappe le lierre
S'élàncent vers mon cœur des souvenirs touchans.

Élevons nos regards vers cette vaste arène
Que d'arceaux entassés forme une triple chaîne !
Monument de grandeur par le temps respecté ,
Je le vois ce colosse en souvenirs fertile ,
Pompeux comme César , debout mais immobile
Comme l'éternité !

Alors que du Croissant les soldats fanatiques

Voulurent abaisser l'orgueil de ces portiques

D'où l'on vit expirer plus d'un gladiateur,

Un reste de respect pour la grandeur romaine ,

Enchaînant tout-à-coup leur vengeance et leur haine,

Fit tomber de leurs mains le fer dévastateur.

On dit qu'aux fiers enfans de la Mauritanie

Se montra de César le superbe génie :

Son regard menaçant jettait de longs éclairs !

Tel on le vit jadis dans les champs de Pharsale ,

Alors que sa valeur , aux ennemis fatale ,

A Rome préparait des fers.

A l'aspect imprévu de cette ombre héroïque ,

Vous eussiez vu soudain , les enfans de l'afrique

Reculer de frayeur , consternés , éperdus ;

Tel le cimbre, au moment de frapper un grand homme,

Vit toute l'énergie et la force de Rome
Dans le regard de Marius.

Plus loin de Constantin resplendit la mémoire :
Ce fronton m'entretient de l'éclat de sa gloire,
Et ce palais, jadis siège de son orgueil,
Profané par le siècle, inconnu du vulgaire,
N'offre plus qu'un squelette antique et solitaire
Que le temps a couvert de son voile de deuil.

Auguste monument d'une splendeur éteinte,
Un silence de mort règne dans ton enceinte !
A mes yeux tes vieux murs ont un charme vainqueur !
O gloire ! si tu n'es qu'une vaine chimère,
D'où vient qu'au seul aspect de cette froide pierre ,
Je sens ainsi battre mon cœur ?

Affreux Maximien tu souillas d e tes crimes

Ce palais où siégeaient tant de vertus sublimes !

Vois des siècles futurs les terribles arrêts !

Une tache de sang pèse sur ta mémoire,

Et la postérité ne dédaigne ta gloire

    Que pour gémir sur tes forfaits.

    C'est peut-être au dessus de cette masse antique

Que brilla dans lés cieux le signe prophétique

Qui remplit les romains d'épouvante et d'horreur,

C'est ici qu'embrasé d'une force nouvelle,

Constantin arbora la légende immortelle

Que portait d'une main l'ange exterminateur.

    Le temps, vieille cité, changea tes destinées;

Tu tombas, t'inclinant sous le poids des années

Du faîte des grandeurs au comble des revers;

A quelque obscurité que ta gloire descende

Peux-tu jamais paraître et moins noble et moins grande

    Aux yeux de l'univers !

Ta chûte est-elle donc le terme de ta gloire?

Le tombeau cache-t-il et l'homme et sa mémoire

Aux avides regards de la postérité ?

Comme du feu sacré qu'entretient la Vestale ,

Ne voit-on s'échapper de l'Urne sépulchrale ,

   Le sublime rayon de l'immortalité !

Je vois le Sarrasin , fatal à ta mémoire ,

Flétrir et moissonner tes souvenirs de gloire ,

Fouler aux pieds , le faste des Césars ,

Charles - Martel accourt , le superbe Abdarame ,

Voit ses fiers bataillons fuir devant l'oriflamme ,

Et ses guerriers tomber aux pieds de tes remparts.

Tes ennemis , jaloux d'une illustre conquête ,

Ne purent t'ébranler de ce superbe faîte

Où tu brillas jadis d'un éclat imposant ,

Tes remparts , mutilés par la fureur du Maure ,

Par les siècles noircis, semblent braver encore

    L'audace du Croissant.

   Les beaux-arts en ton sein retrouvaient leur patrie,

Et Rome te transmit son immortel génie,

Ses sublimes vertus, et son sceptre et ses lois ;

Abjurant les faux dieux, pour la foi Catholique ;

Je te vois tour - à - tour royaume, république ;

Grande par tes héros, non moins que par tes rois

Tu vis poindre le jour de ta brillante aurore,

Et ce jour disparut comme le météore

Qui se montre et s'éclipse à nos yeux éblouis ;

Les destins ont parlé, ta carrière est remplie ,

Déjà, vieille Cité, tu dors ensevelie

    Au sein de tes débris.

Depuis ton Roi Nanus, dont nous parle l'histoire,

Le premier qui fonda le trône de ta gloire ;

Que de siècles naissants n'as-tu pas vus finir !
Chacun d'eux, te rendant un éclatant hommage,
A voulu, mais envain, te soustraire au naufrage
 Que te réservait l'avenir.

Comme un écueil placé sur l'océan des âges,
L'ignorance, en tes murs, causa d'affreux ravages ;
Mais le soleil des arts, levé sur tes débris,
Échauffe de ses feux, ton auguste poussière,
Et fait germer, de ta grandeur première,
 Les souvenirs anéantis.

Tu renais à la gloire, et la Cité nouvelle,
Tend à la ville antique une main fraternelle,
Dans la terre enfouis tes héros et tes Dieux,
De la nuit des tombeaux sortent avec la vie,
Déjà du Panthéon l'enceinte rétablie,
Consacre pour jamais tes titres glorieux.

Quand tu ne seras plus, quand tu seras éteinte,

Enfin quand le gazon occupera l'enceinte

Des murs, restes sacrés de ton antique orgueil,

　　Quelque Barde (1) peut-être encore,

　　Viendra de sa harpe sonore,

　　Troubler la paix de ton cercueil.

　　J'entends l'instrument qui resonne;

　　Il redit à l'écho du Rhône,

Et ta grandeur passée et ton affreux destin,

---

(1) Les Bardes furent les devanciers des troubadours en Provence. Ces derniers n'avaient fait que perfectionner cet art aimable que la politique a rendu utile dans beaucoup d'occasions. Papon, hist. de Provence, tom. 1, 2.me part., pag. 80. — Un Barde est un poète lyrique, et tout poète lyrique peut, au figuré, être appelé du nom de Barde. On peut, si l'on veut ne considérer le Barde dont il s'agit ici, que comme un poète se livrant à toutes ses inspirations au milieu des ruines d'une Cité jadis célèbre.

Au reste, *Barde*, *Troubadour*, *Poète*, sont synonymes en poésie, comme chez les latins *Vates et Poeta*.

Hélas ! de l'une à l'autre rive

Le son de la corde plaintive,

Porte le nom de Constantin.

» Constantin ! Constantin ! ton nom seul ressuscite

Les antiques vertus de ta Cité détruite ;

Arles sans toi ne serait rien.

Le sublime reflet de gloire

Qu'elle reçoit de ta mémoire,

Rend son éclat égal au tien.

» Le temps a tout détruit, le soc de la charrue

A sillonné le front de ta vieille Cité,

Bientôt du monde entier son enceinte inconnue

N'offrira nul vestige à la postérité.

Aux lieux où l'on voit croître l'herbe,

S'élevait ton palais superbe,

Et le Rhône a vu sur ses bords,

Tomber les monumens de ta gloire première

Le marbre des tombeaux se réduire en poussière

Et se mêler à la cendre des morts.

« Ainsi l'austère Sparte , et la superbe Athènes

Ont vu finir leur gloire et commencer les chaînes

De leur captivité ;

Et la Grèce , à jamais flétrie ,

A vu fuir ses beaux - arts , et tomber son génie

Avec sa liberté ».

Cédant , avec transport , au charme qui l'inspire ;

Le Barde exhale ainsi son sublime délire ,

Bientôt , triste et silencieux ,

Il se lève , s'éloigne , et l'écho de la rive

Ne cesse d'apporter à l'oreille attentive ,

Le bruit harmonieux.

Comme le dernier son de la corde expirante ,

Arles, le souvenir de ta grandeur naissante

Par les siècles porté rend un accord divin ;

Ainsi le dernier bruit de ta chûte profonde

Fait encor retentir les annales du monde

Bien long - temps après ton déclin.

AIX , de l'Imprimerie de F. Guigue.

www.ingramcontent.com/pod-product-compliance
Lightning Source LLC
Chambersburg PA
CBHW061413170626
46811CB00005B/1971